기다리는 나무

기다리는 나무

발행일 2023년 10월 6일

지은이 이현민
펴낸이 손형국
펴낸곳 (주)북랩
편집인 선일영   편집 윤용민, 배진용, 김다빈, 김부경
디자인 이현수, 김민하, 안유경   제작 박기성, 구성우, 배상진
마케팅 김회란, 박진관
출판등록 2004. 12. 1(제2012-000051호)
주소 서울특별시 금천구 가산디지털 1로 168, 우림라이온스밸리 B동 B113~114호, C동 B101호
홈페이지 www.book.co.kr
전화번호 (02)2026-5777   팩스 (02)3159-9637

ISBN 979-11-93304-25-9 03810 (종이책)   979-11-93304-26-6 05810 (전자책)

스토리가 있는 시

기다리는 나무

이현민

북랩

시인의 말

귀뚜라미에게서 편지가 왔다.

다름이 아니라

가을이면 꼭 하고 싶었던 말인데요

서늘한 바람에 살갗은 부스스하고

보고 싶은 얼굴들은 점점 멀어져 흐릿하고

쏟아질 것 같은 눈물 겨우 참는 밤인데

왜, 가을 내내 나만 울고 울어야 합니까?

당신도 울어야 공평한 것 아닌가요

하얀 달빛 한아름 끌어안고

가슴 울음으로

나와 함께 가을밤을 울어볼 생각 없으십니까?

나 귀뚜라미도 그대 속울음 소리 들으며

가을 시 한 편 울고 싶은 밤입니다

가을 내내 시를 읊어주는 귀뚜라미와 함께
시 한 편 읊지 못한 시간이 꽤 길었다.
오랫동안 잠자고 있던 시편들을 깨워
미안한 마음으로 만지며 지낸 여름은
유난히 더운 여름으로 기억될 것이다.
애정의 눈으로 읽어주기를 바라기에 앞서
내가 먼저 독자가 되어야겠다는
소박한 마음으로 84편을 가려 묶었다.
시원하다, 풍성한 계절이다
우리 모두 행복했으면 참 좋겠다.

2023년 9월
이현민

시여, 쇠뜨기풀처럼 깊게 그리고 영원히

연점숙 (경희대 명예교수, 영문학)

혼자서 별 생각 없이 한적한 숲 공원을 걷는 일도 새삼스러워진 요즘이다. 사람이 사람을 무서워하는 어두운 세상에서도 시들이 계속 쓰여진다는 것은 참 다행한 일이다. 시야말로 나뭇가지가 해를 탐하듯 영혼의 향방이 빛을 향할 터이니 말이다.

이현민 시인의 새로운 시집에 가지런히 수록된 글감의 종류는 그가 살아낸 세월을 오롯이 드러낸다. 6.25 전쟁에 아들을 잃은 사랑하는 할머니의 초상, 짓이겨진 봉숭아꽃들로 치환되는 위안부할머니, 그리고 거짓과 위선이 가득한 현 사회. 그 글감들을 그려내는 붓은 기독교적 세계관과 작은 것들에 대한 애정이라는 물감에 담가져 있다. 하찮게 여겨지는 작은 것들 - 일개미, 민달팽이, 호박, 담쟁이덩굴, 쇠뜨기 잡초 - 은 이 시인의 펜 끝에서 원초적 생명력으로 빛나는 개성을 드러낸다. 보잘 것 없는 잡초인 '쇠뜨기'가 원자탄 폐허에서

제일 먼저 자라난 완강함은 인간세상의 아둔함의 뚝심으로 소환되기도 한다. 시인의 상상력은 옥잠화에서 쪽머리에 고이 꽂은 옥비녀를 보고 겸비단 향낭을 불러낸다. 높은 곳을 향해 기어오르는 담쟁이 넝쿨에서는 리키다소나무에 박힌 '손톱'을 보며 세월이 해결할 오만의 종말을 예언하기도 한다.

'개인적인 것은 정치적인 것이다'라는 구호가 휘몰아치며 남성 중심 사회의 여성들을 설레게 했거나 말거나, 가사일의 의미는 이 시인의 시 '씀바귀나물'과 '이(齒) 빠진 문장' 두 편에서 '웃픈' 현실로 위트 있게 조명된다. 평생 요리를 하고 밥상을 차리는 몸으로의 글쓰기야 말로 진솔함과 공감을 확대할 수밖에 없을 것이다. 여성의 가사일과 뒤엉키는 감정, '인내, 용서, 포기 삼형제'는 쇠뜨기 뿌리 못지않게 질긴 가부장사회 풍경에 대한 잔잔한 비평으로 읽어도 좋을 듯하다.

목차

3부

5부

기
다
리
는

나
무

목련꽃은 환하다

하얀 목련꽃이 萬 개쯤 피었다
세상이 환해졌다.

목련꽃 아래로
까맣게 그을린 꽃들이 모여든다
까맣게 그을린 얼굴이 하얗게 바뀐다
다행이다, 좋은 징조다, 간절히 바라던 바다
그렇다, 윗사람은 그래야 한다
아랫사람은 그의 영향을 받는다
맞다, 그 러 니 까
윗사람은 목련꽃이어야 한다

흠 없고 티 없는 하얀 목련꽃
萬 개쯤 피는 봄날은 밤하늘도 환하다

바지랑대

바람 같은 헛것들이 흔들어 댄다
가녀린 빨랫줄 한 가닥 붙잡고
넘어지지 않는 흔들림이다

넓은 하늘 높이 바라보며
굴곡진 역사 속에 꼿꼿이 서 있는
님들의 지조를 새겨 왔느니

실속은 없고 싱거운 키꺽다리라고
곁가지 하나 없는 꼴불견이라고
비뚤어진 입으로 비웃지 마라

밑밥 한 술 굽신 받아먹고
활 궁 꼴로 땅에 코를 박는 너희여
허리를 곧게 세워보라
머리를 위로 들어보라
청빛 하늘에 펄럭이는 빨래의 푸르름을 보라
푸른 자유를 위하여 나는 오늘도 흔들린다

꽃들의 회의

따뜻한 봄날 꽃이 핀다
따뜻한 봄날 꽃이 진다

'어차피 열흘 살이'
'가식은 버리고 바르게 떨어지자'

앞장선 꽃잎을 따라
꽃잎들이 후루룩 땅을 향해 날린다
겸손이다
만장일치다
회의는 그래야 한다

대지가 환하다
그렇게 꽃잎은 땅에서
다시 꽃으로 피어난다

솔아, 푸른 솔아

서리바람 무섭다고 흔들림을 두려워 마라
높바람 살을 에도 움츠르지 말아라
바늘잎 몇 개 떨어진다고 중병 들겠느냐

뻗어라, 바위 밑 물길 찾는 뿌리솔아
동해바다 먹물 삼아 태백준령 능선 위에
역사의 나이테 짙게 한 번 새겨 보렴

하늘과 땅 사이 검은 먼지 자욱하다
솔아솔아 대한 솔아 치유향(治癒香)을 날려라
푸를 청 잃지 않도록 하늘 뜻을 품어라

제비꽃

'보랏빛이 고와서 사랑스런 꽃'
'키 작은 제비꽃을 보았나요'

산을 오르는 급한 발걸음도
실망을 안고 내려가는 슬픈 얼굴도
한마디 대답이 없다
정상에 오르면 만날 수 있겠지
숨이 턱에 차도록 산을 오른다

도심 한복판보다 더 북적이는 정상
곱게 핀 꽃들은 마냥 즐겁고
우쭐우쭐 교목들은 키재기 바쁘다
늘푸른나무는 벌써 군락을 이루고 있다
세가 등등하다, 열 오른 붉은 얼굴들
정상을 바라는 무리의 모임이리라

'착한 연보라 제비꽃을 보았나요'
'눈높이 낮은 보랏빛 내사랑'

외치고 외쳐도 대답하는 이 없다
서산을 넘어가는 해도 안타까운 눈빛이다
하산을 재촉하는 어스름 등에 지고
굽힌 허리 서둘러 산을 내려간다

'이마에 맺힌 땀방울이 보이니'
'어디쯤에서 널 만날 수 있니'

눈높이를 발끝에 두어야 보이는 사랑아

리키다소나무와 담쟁이

손잡이를 찾아 허공을 휘젓는 담쟁이넝쿨
기어코 오르려는 고집이
리기다소나무 살갗에 손톱을 박았다
곁에 있던 잣나무가 깜짝 놀라 눈을 감는다
담쟁이만 보는 눈은 남의 아픔엔 관심 없지
껍질 가볍게 잡았을 뿐이라고 가볍게 말하지
리기다소나무가 죽는 것은 훗날 일이니까

고집은 꺾지 않으면 화를 부르게 된다
절반도 오르지 못해 서리바람 불었다
석양에 붉게 물든 담쟁이 얼굴
파르르 시린 손 비비며 뒤트는 담쟁이넝쿨
상강(霜降) 지나 입동(立冬) 오만(傲慢) 잎 떨어지다
살갗에 박힌 손톱이 드러날 거야

민달팽이

이른 아침 풀섶길을 간다
옷 한 점 걸치지 못한 추운 아이에게는
거친 길바닥은 고행길이다
추운 아이를 위하여
무언가 할 일이 있을 것 같아
달팽이 뒤를 따라간다

무심한 발길에 밟히지 않을까
어미새의 밝은 눈에 띄면 어쩌지
해가 뜨면 촉촉한 살갗은 또 어떻게 될까
달팽이 뒤를 따라가며 기도를 한다

'하나님, 비 좀 내려주세요'

다행히 비는 내렸다
나는 끝내 옷을 벗어주지 못했다
목을 길게 뽑아 뒤를 돌아보는 달팽이
붉어진 내 얼굴 한 번 쳐다보고
씩씩하게 제 갈길을 간다

개미나라를 위하여

개미들이 부지런히 일하는 곳에서
맨발을 개미에게 내어줘 보라
발가락을 타고 올라 장딴지 어디쯤 깨물면
조금 따끔하더라도 많이 참아주자
탁, 털어버리면 무정하지 않은가
화를 품고 밟아버리면 죽음보다 슬픈 일
밟으면 그냥 밟히고 마는 일만 하는 개미
하루 벌어 하루를 사는 개미 가족
목 빼고 가장을 기다릴 저들을 생각해 보자
개미를 개미로 살게 하는 일
그것은 위대한 일이다
'개미의, 개미에 의한, 개미를 위한 나라'*
그들의 주권을 존중해주자는 것이다
개미에게서 배울 점도 많지 않은가?
순박하고 부지런하고 맡은 일에 충실하고
남의 것 빼앗지 않고 삼권분립 확실하지

손톱 끝보다 작은 개미도
만물 중 한 존재로 인정해주자는 것이다

* 에이브러햄 링컨의 게티스버그 연설문 인용

유(柔)와 유(鷚)

물고기 중에 柔에 가까우면 오징어(鰇)라 하고
풀은 柔를 바탕삼아 풍미 짙은 향기름(薷) 되고
실타래가 柔를 만나 각색 비단(綹)으로 곱기도 하지
쌀은 柔를 만나 입맛 돋우는 비빔밥(糅)이 되었네
손이 柔를 반겨 악수하니
저린 다리 주무를(揉) 약손 되어 효도하고
하찮은 버러지도 柔에 붙어 거머리(蝚) 되어
미나리꽝 심심치 않게 숨어 사는데

까치 같은 새야! 꼬리 짧은 새야!
어느 문중인지 모를 새야!
자유자재 날갯짓은 柔柔한 것이냐?
까치 같고 꼬리 짧은 새야!
깊은 산속 자작나무 우듬지 끝에서라도
잊지 마라
柔*와 鷚**는 같은 핏줄이라는 것을

* 柔 : 부드러울 유
** 鷚 : 까치 같고 꼬리 짧은 새 유

관찰. 1 – 왕개미들 싸움

길섶에 쪼그리고 앉아서 보았다
새까만 전투복을 입은 왕개미들의 치열한 싸움을
금화를 물어뜯던 이빨
한번 물면 놓지 않는 이빨
어느 쪽이든 죽어야 끝이 날 것 같은 싸움
새까만 시체가 까맣게 산을 이뤘다
앞으로 얼마나 많은 왕개미들이 죽어 쌓일까

부지런히 일만 하는 착한 개미가 아니라서
다행이란 생각 끝에 달린 개미굴처럼 복잡한 궁금증
묻지 않을 수 없었다, 도대체
왜, 무엇을 위하여, 누구의 눈짓이 있었기에
이 싸움이 시작된 것이냐?
대답이 없다
싸움은 끝이 보이지 않는 진행형이고
아무 대답도 듣지 못한 궁금증을 짚고 일어서려니
8자로 꼬인 다리가 저리다
패싸움에 패한 쪽은 다시 전쟁을 꾀할지도 모른다

관찰. 2 – 허튼 생각

또 길섶에 쪼그리고 앉았다

왕개미 싸움터에는 시체들이 더 많이 쌓였고

싸움은 2차로 접어든 듯 더욱 치열하다

관찰을 넘어 간섭에 가까운 생각을 하게 된 것은

서로 물고 버둥대는 두 마리 왕개미 때문이다

그냥 보고만 있을 수 없었다, 왜

두 마리 다 죽을 것 같아서

간섭은 이렇게 시작했다

가만히 잡고 아~주 부드럽게 타일렀다

이빨과 이빨, 어떤 대장만큼이나 황소고집이다

억지로 떼어 놓는다면 가는허리 척추는 무너지리라

더 많은 희생은 막아야겠다는 생각

착한 나뭇가지 하나 집어 들었다

왕개미 싸움터에 발을 들여놓았다

이리저리 흩어졌다 모여들고 다시 흩어진다

겁이 난 게 분명하다

소인국 거인이 된 듯 어깨가 으쓱인다

그래 나도 이참에 왕개미나라 거인왕으로

긴 팔 한 번 길게 휘둘러 볼까

장딴지가 따끔, 정신이 번쩍 든다

가을이 오신다

오월 연록 위에 유월 진록을 덧칠하고
영역을 넓혀가는 한여름
초록 제복 패끼리 주고받는 말
여름은 우리들 철이니까
아무도 알아채지 못할 거야
채도의 차이는 조금 있어도 초록은 동색
우리는 속성이 같으니까 괜찮을 거야
'믿으라'했지 '안심하라' 했지

"심상치 않은 하늘빛 불꽃같은 눈"

가을이 오신다
산마다 들마다 가을물 들이시려
참 가을이 오신다
하늘 아래 높고 낮은 좁은 틈새까지
앉은 대로, 서성인 대로, 눈물대로, 웃음대로
고집대로, 참은 대로, 뿌린 대로, 행한 대로
울긋불긋 가을물 들이시려 그 분이 오신다

안개꽃

흐릿한 눈앞에 곧은 잣대를 갖다 대며
너는 항상 입버릇처럼 말했었지
'죽음 앞에서도 저런 짓은 하지 말자'

찔릴까 봐, 베일까 봐, 눈치보다가
네 곁을 떠나는 친구들도 많았지
나는 너의 깨끗하고 꼿꼿함이 좋았어
치우치지 않는 청결한 양심으로
헤게모니 다툼에 휘말리지 않고
쉽게 목을 꺾는 장미의 몸짓을 안타깝게 여겼지
죽어도 살아있는 고결한 꽃
내 안에 맑은 감동으로 피어있는 꽃
너는 처음부터 들러리가 아니야
'사랑받기 위해'* 무리무리 피어나
세상을 아름답게 빛내는 별꽃이란다

* 복음성가. '당신은 사랑받기 위해 태어난 사람' 제목 부분

게으를 만(慢)

잘난 척 뽐내며 건방을 떨더니
기어코 패망의 선봉자가 되었구나, 憍慢(교만)

주제를 넘어 잘났다고 남을 업신여기는 건방진 녀석
넘어짐의 앞잡이라 부르지 倨慢(거만)

공손함도 조심성도 위아래 예도 모르고
거리낌 없이 무례를 자행하는 傲慢(오만)

섰다 할 때 넘어질까 조심하라 했거늘
자신은 물론 먼 인척 자랑까지 뽐내는 自慢(자만)

거짓 모함 비방을 일삼는 더러운 짓거리
하늘 땅도 분별 못하는 褻慢(설만)

일하기 싫으면 먹지도 말라 하셨거늘
맡은 일에 힘쓰지 않는 게으름 怠慢(태만)

게으를 慢 字 돌림 6남매
나는 너는 6남매의 맏이인가 막내인가
우리 모두 慢병에 대하여 자유로운가
慢병의 근원은 게으름이라
참을 아는 일에 게으름 피우면 걸리는 병
세상 병원 갈 것 없고 간단한 치료약은
존귀의 길잡이 겸손(謙遜)이라 하네요

老와 青

피푸른 젊음이었을 때
덕분임을 깨닫지 못하고
뭣 조금 안답시고
센머리 앞에 곱슬머리 들었다가
된 꾸중 들었지

빛붉은 얼굴이었을 때
뿌리 짧은 지식으로
고전 앞에 작은 입 열었다가
溫故而知新 온유한 가르침에
부끄러운 가슴 따뜻해졌지

늙음은 젊음의 뿌리인 것을
늙음에는 젊음이 모르는
값진 보배가 세월만큼 담긴 것을
젊어 한창일 때, 설익었을 때
그때는 몰랐지, 지금도 잘 모르지

쇠뜨기

쇠뜨기는 모래땅에 군락을 이루고 자란다
땅속 깊이 뻗어내리는 쇠뜨기 뿌리는
뽑아내기가 얼마나 어려운지, 지구 반대편에 가야
그 끝을 찾을 수 있다는 과장된 표현도 있다
뽑아도 마디로 이루어진 생식줄기만 끊기고
포자로 번식하는 양치식물이라서
번식력과 강한 생명력은 제초를 포기할 정도란다
원자탄이 떨어져 폐허로 변한 일본 히로시마에
제일 먼저 싹이 올라온 풀이 쇠뜨기였다고 한다
방사능의 열선이 닿지 않는 깊은 곳까지
뿌리를 뻗어 내렸다는 말이다

사람에게도 뽑기 힘든 쇠뜨기가 있지
바로 버릇이지
좋은 버릇이 들었다면 복이지만
나쁜 버릇이 몸에 배었다면 불행이다
세 살 버릇 여든까지 괜한 말이겠는가
깊이를 알 수 없는 늪에 한 번 발 들여놓았다가
폐인 되거나 일생을 망친 사람 얼마나 많은가

쇠뜨기 풀 뽑으며 깨닫게 하고 박수 쳐주고싶다
오, 사람아! 젊음아! 지금 어디에 서 있는가
늪을 향해 가고 있다면 빨리 돌아서기 해요

엄마 아빠, 선생님, 사장님 회장님, 아줌마 아저씨
집구석이 추우니까 밖으로 나돌다가 길 잃고 헤매겠죠
경계선을 넘지 않도록 꼬옥 안고 다독여 줘요

안이함, 무관심, 모르쇠, 방치, 눈물 마른 가슴
이런 것들은 씻을 수 없는 강단(講壇)의 잘못이라고
소신껏 외치고 차라리 욕을 먹겠다던 정의(正義) 님

지금 어디에 계십니까?

종이접기

귀여운 손녀 따라 종이접기 한다
한 번 접고 두 번 접고 또 접고
접을수록 재미있는 세상이 열리네
나무들 푸른 손짓, 별들의 맑은 눈빛
새가 날고 나비가 춤추고 개구리가 뛴다
꽃밭 가득 꽃들이 노랗게 빨갛게 웃는다

들추고 캐내고 또박또박 따지고
별일 아닌 것, 지기 싫어 억지 부리는 동안
종이접기 착한 시간 멀리 가버렸네
그 많은 색종이 지금 어디 있을까
구겨진 채로, 찢어진 상처 달래며
습기 말리다가 슬픈 잠이 든 건 아닌지~

그대여, 내가 먼저 손 내밀 거든
외면하지 말고 잡아주세요
우리 색종이 찾으러 가기로 해요
수평선 너머로 해가 지네요

귀뚜라미가 시인에게

다름이 아니라
가을이면 꼭 하고 싶었던 말인데요

서늘한 바람에 살갗은 부스스하고
보고 싶은 얼굴들은 점점 멀어져 흐릿하고
쏟아질 것 같은 눈물 겨우 참는 밤인데
왜, 가을 내내 나만 울고 울어야 합니까?
당신도 울어야 공평한 것 아닌가요

하얀 달빛 한아름 끌어안고
가슴 울음으로
나와 함께 가을밤을 울어볼 생각 없으십니까?
나 귀뚜라미도 그대 속울음 소리 들으며
가을 시 한 편 울고 싶은 밤입니다

기
다
리
는

나
무

나를 아세요?

찾아오는 이 없어
쓸쓸한 풀밭

아침 이슬이
풀꽃을 씻어주고 있다

풀꽃, 안녕
새초롬히 토라지는 풀꽃

오랜만에 왔다고
삐쳤나 보다

미안해서 얼굴 붉어라
붉은 얼굴 덮어주는 푸른 나뭇잎

첫눈 편지

오신다 해서 기다렸습니다
창밖으로 목을 늘이고
밤 깊도록 기다렸습니다
졸고 있는 촛불이 흔들리면
숨 가삐 달려오신 님의 입김인가?
내 눈길도 따라 흔들렸지요
피곤을 이기지 못한 설잠이
새벽을 깨우고
어둠을 물린 창문이 열립니다
자정 넘어서도 약속을 지키신 분
새하얀 편지 한 장 써 놓으셨군요
발자국 하나 남기지 않고
오직 한 말씀

"이렇게 살아라"

눈의 눈물

하늘에서 눈이 내려온다.
높은 하늘에서 하얀 눈이 내려온다
검은 세상 하얗게 씻어주려고
하얀 별들이 내려오는 것이다

눈이 녹는다. 땅에서 눈이 녹는다
별들이 우는 것이다
별들이 아픈 눈물을 흘리는 것이다

왜 우느냐고 묻고 싶었지만 참았다
아무리 씻고 하얗게 바꾸려 해도
속 깊이 박힌 검은 때가 씻겨지지 않는다는
슬픈 대답을 듣게 될까 봐 두려웠다

납작한 지붕 아래 사람들이 온다
가난한 영혼들이 눈의 눈물로 발을 씻는다
눈은 쉬지 않고 눈물을 흘려주고 있다

해당화

오월 바닷가 모래언덕에
해당화 그리움이 붉게 피었습니다
그리움도 병인지라 바닷가를 걷다가
해당화 한 송이 데리고 왔습니다
잉크병에 꽂아놓고
보낼 곳도 없는 긴 편지를 씁니다
미움도 욕심도 녹아내리는 오월인데
해당화 꽃잎에 이상이 생겼습니다
맑은 물만 마시고 피어나는 착한 꽃
온몸이 시퍼런 문신으로 덮였습니다

황톳물을 마셔도 진흙 떡을 먹어도
감각 없는 두꺼운 살집과 다르다는 걸
깜빡 잊었습니다
부끄러운 두 손을 모으고
해당화를 데리고 바닷가로 나갔습니다
바닷물에 손을 씻고 돌아오는 길
바닷바람도 흥이 나서 따라옵니다

여름 하늘

누구보다 온화하고 자상한 당신
오늘은 무슨 일로 펄펄 화를 끓이시나요
괜찮습니다
당신의 그 뜨거운 열정 덕에
열매마다 빛깔 곱게 단물이 들고
바람 날개는 짙은 푸른 물을 실어나르지요

당신의 깊은 속 헤아려주지 않아도
어디에 그 열 다 풀어놓을 곳 없어도
조금, 아주 조금만 호흡을 가다듬고
15도 각으로 몸을 살짝 돌려보세요
좌우로 치우치지 않는 반듯한 성품
아침 이슬 같은 秋分 신사가
먼 길 돌아 가까이 오고 있습니다

하얀 구름 한 자락 거느리고
한층 높이 오른 거울 같은 하늘
참 맑고 온화한 당신 얼굴입니다

봉숭아

'건드리지 말아요, 제발'

혀를 깨물며 피눈물로 애원했겠지
활짝 피지도 못한 꽃잎
덥석 안아줄 녀석 얼굴도 못 본 착한 꽃
백반가루 된장 섞어 자근자근 짓이겨
아주까리 싯푸른 잎으로 꽁꽁 묶어버렸지

날도 밤도 모르는 완전 범죄를 꾀한
미쳐 자빠졌던 어두침침한 가면을 벗어라
하늘도 놀랄 이 흔적을 보라
기막히고 한 맺힌 눈물, 피눈물
손톱마다 빨갛게 물들었고야

피투성이 군화 벗고 발뺌을 해 보라
열 입 찢어 게거품 물고 변명해 보라
현해탄 바닷물에 씻고 또 씻어 보라

지울 수도 숨길 수도 없는 새빨간 증거
꽃잎 떨어지고 시들 수 없는 슬픈꽃
찢어진 치마폭도 꿰매 입지 못한 아픈꽃
봉숭아 꽃물보다 더 진붉은 외침
죽지 못해 살아온 오~오 위안부 할머니
어느 별에 이런 고약한 역사가 또 있을까

* 1996년 첫 시집 수록 작품 개작

봉숭아 꽃물 – 어느 위안부 할머니*

꽃술 뜯기고 꽃잎도 찢겼네
겉옷도 속옷도 모두 찢겼네
말도 잃고 귀도 먹고 입맛도 잊었네

눈감으면 넘실대던 고향 앞바다
내달리던 푸른 들판 오르내리던 뒷동산
살갗을 씻겨주던 달빛 바람아
억새풀이 사운사운 속살거렸던가
꽃처녀 모든 기억을 덮어버린 악한 역사여
주름진 얼굴에 검버섯만 가득 피었어라

성도 이름도 모른다네
고향이 어딘가 부모 형제 가족은 몇이었나
핏줄조차 잊어버린 그는 뉘 애미 딸인가
'아리랑 아리랑 아라리요'
기억의 빈 가지 끝에 달려
겨우 살아남은 노래 한 소절
그는 대한의 딸이 분명하구나

무명지 두 손톱에 꽃물 들이던 봉숭아 동무야
기억해주오, 잊을 수 없고 잊어서도 안 될
봉숭아 꽃물보다 더 진붉은 아픔을~~

*부산 근교 한 마을 우물터에서 일본군에 잡혀 강제로 끌려가 3년간 일본군
위안부로 모진 고통 수모를 당했고 일본 패망 후 말레이시아 일본군 포로
수용소에서 도망쳐 태국 식당에서 일을 했다고 함, 그 후 중국계 태국인과
결혼하고 살면서 심지어 한국말도 다 잊어버리고 〈아리랑〉 한 소절만 흥
얼거리며 고국에 대한 생각을 붙들고 살았다고 함, 그 노랫소리를 듣게 된
모 기자에 의해 이산가족 찾기로 고국 방문이 이루어졌다고 함

음성을 듣다

수북이 담은 고봉밥을 먹는 나는
맑은 샘물도 한 번에 두세 컵씩 마신다
출출할 때는 사이식도 골고루 챙겨 먹는다
부른 배를 내밀고 느릿느릿 팔 자 걸음
발걸음 소리 따라 들려오는 귀에 익은 소리

"금식하신 후 주리신지라"*
"내가 목마르다"**

나의 주린 배를 채우시려고
나의 목마름을 해갈시키려고
대신 주리고 목마르신 주님!
몇 끼 금식했던 얄팍한 기억을 떠올리는 순간
다시 들려오는 온유한 음성

"무엇을 위하여 금식을 했느냐?"

* 1 마태복음 4:2
** 2요한복음 19:28

사랑아, 진주빛이 되어라

우리 엄마 얼굴빛은 희고 고운 살결이었다
인근 마을까지 예쁘다는 소문 자자했다
나 어릴 적에 자주 들었다

마늘 껍질 까놓고 마늘각시라 부르지요
우윳빛처럼 뽀얗고 은은한 진주빛
티 한 점 없는 마늘각시 보고 있으니
하얀 엄마 얼굴 달빛에 떠오른다
못생긴 얼굴을 누가 마늘쪽에 비겨 말했나
살빛이 희면 일곱 흉이 덮인다 했거늘

육쪽마늘 우리 토종마늘
마늘의 생명은 뽀얀 진주빛 살결이다
자외선에 노출 시키지 않고
서늘하고 바람 잘 통하는 곳에 보관하는 것이
뽀얀 마늘 살빛을 유지 보존하는 비결이다

빛나는 사랑도 가꾸기 나름
미워지기 전에 자외선부터 차단하라
갱년기 열 올라서 얼굴 붉어지기 전에
시원한 침실을 마련해 두라
오래 가꿔온 우정은 兄弟愛 보다 높다
우정보다 높은 사랑을 꽃가꾸기 하라
사랑은 맑은 유리그릇
은은한 진주빛 사랑, 진주보다 귀히 여겨라
사랑아, 사랑에 목마르거든 진주빛이 되어라

빙판길

사~알살 걸었다
그는 나를 대적하지 않았다

엉금엉금 걸었다
그는 나를 밀치지 않았다

허리 굽혀 땅만 보고 걸었다
그가 나를 잡아 주었다

허리를 펴고 일어섰다
그의 순한 눈빛을 보았다

내 눈에 맺힌 이슬이 흔들렸던가
그가 나에게 가슴을 내주었다

봄이 찾아왔다
얼었던 땅의 숨소리 함께 들었다

골동품(骨董品)

높은 의자에 앉고싶어 아부하지 않는다
돋보이려 머리 들지 않는다
귀족처럼 목을 길게 빼고 뽐내지 않는다
좌우 치우치지 않고 분수를 지킨다
상처가 생기면 아물기를 기다린다, 끝까지
주름이 생기면 생기는 대로
묵은 때도 부끄러워하지 않는다
독한 세월도 원망하지 않고 디딤돌로 삼는다
토방이나 마루 밑, 때로는 땅속 깊은 곳이나
역사의 뒷골목에서
거짓 없는 진실을 머금고 있을 뿐이다
내일은 불안한 안갯속
어제와 대화하는 골동품의 나날은
비밀스런 추억과 구속의 자유를 되살리는 것

나팔소리

버드나무에 걸어놓았던* 녹슨 나팔을 내리자
환희의 눈물로 닦아서 희망의 나팔소리 울려보자
멀리서 가까이서 모두 듣도록~~~

푸른 물결 파도치는 청보리밭에서
우렁이논 벼포기 사이사이에서
두메산골 뽀얗게 살 오른 감자밭에서
새콤달콤 무르익어가는 과수원에서
노동의 땀을 쏟는 먼지 자욱한 공사장에서
굴뚝 연기 솟아오르는 공장 열기 속에서
동해 먼 바다 오징어잡이 뱃전에서도
서해 바다 낙지잡이 갯벌에서도
왁자지껄 전통시장 좌판 앞에서
높이 솟은 빌딩숲 컴, 모니터 앞에서
학교 운동장, 교장실, 교무실,
수업 시간 선생도, 학생도, 학부모도
모~두 들을 수 있도록 나팔 소리 크게 울리자
희망아, 모든 가슴에 약동하는 희망아
하늘 땅을 울리는 나팔 소리

눈 한번 크게 뜨고 듣자, 귀를 열고 듣자
한 마음으로 듣자, 듣고 걸어가자
형통한 날이 반드시 이르리니~~~

* 바벨론 포로로 잡혀간 이스라엘 백성들에게 바벨론 사람이 자기들을 위하
여 시온의 노래를 청했을 때 우리가 어찌 이방의 땅에서 여호와의 노래를
부를꼬, 거절하고 바벨론 강변에 앉아서 울며 그 중 버드나무에 수금을 걸
었다

그림자 동무

혼자는 사랑도 외롭다
둘이면 눈물도 고와라

어제는 구름 덮인 하늘
오늘은 주룩주룩 비가 내리네

온다 간다 말도 없이 숨어버린 너
오늘 하루 기다림은 길기도 해라

너 있는 곳에 내가 있듯이
너 없는 곳엔 나도 없어라

너와 나는 그림자 동무
내일은 東으로 길을 내리라

놓쳐버린 시간

달리는 전철 안은 북적이고
키 큰 젊은 사나이 좌석에 앉아 있고
할매는 손잡이에 매달려 대롱거리고
폰에 꽂힌 젊은이 속엔 불안이 들락거리고
태연한 늙은이의 짧은 시간은 다음 역
젊은이가 놓친 시간도 따라 내린다
기다려주지 않는 급행열차
슬픈 기색도 없이
뜻 없는 소리만 길게 남기고
종착역을 향해 달려간다

갈대와 가을과 은빛

습지 깊이 뿌리를 박고
두려움 없이 당당했던
피푸른 젊은 날은 여름이었지
"마음 비워 복 받으라." 이르신 말씀
몸 흔들며 귓전으로 흘러버렸지
뒤돌아 생각하면 낯 뜨거운 오만이었어

살갗을 어루만져주는 가을바람 찾아왔다
갈대는 '생각하는 갈대'*가 되었어
온몸 흔들어 무뎌진 영혼을 일깨우며
도도한 지난날을 울고 또 울었지
살을 말리고 속을 비워내더니, 마침내
햇살 밝은 습지마다 거듭난 은빛 영혼들
환하다, 눈이 부시다

* 프랑스 철학자 파스칼의 『팡세』에 나오는 구절 인용

이(齒) 빠진 문장

나는 수십 년을 밥을 지으며 살아온 여자
몇 끼쯤 굶어도 이제는 밥 짓기 싫은 나이
때가 되면 별수 없이 앞치마 두르는 여자
매끼 진찬(珍饌)은 아니어도 가끔 솜씨 부릴 때도 있다
오늘이 바로 맛있는 아침이다
남자는 입맛 달은 식사를 한 듯 일어서며
들릴락말락 혼잣말로 '맛있게 먹었다.'
순간 치사한 생각이 속을 뒤집는다
'맛있게 먹었/습니/다'라고 하면 앞산이 무너지나
'습니' 두 글자 빠진 문장이 갈그작거린다
콩알만큼 붙었던 긍휼은 온데간데 없다.
강철로 만들려고 평생 괄려온 자존심
호미 하나도 못 만들 유쇠인 것을

눈앞에 아른거리는 나쁜 코딱지
'여자가 이해하세요, 여자니까 참으세요'
가슴 치게 하던 이해, 용서, 포기 삼형제가
코앞에서 응석춤을 추고 있다
나는 어쩔 수 없는 내 어미의 유약한 여식
사랑프리즘을 통과한 햇살이
벌써 집안 청소를 하고 있다, 눈이 부시게

말 배우기

'미안해요'
자존심 세우느라 못한 말

'아름다워요'
시력이 약해서 못 본 모습

'함께라서 행복해요'
곁에 있음이 당연한 줄 알았지

한 해를 보내는 종소리 붙잡아 놓고
백 번도 천 번도 들려주고 싶습니다

"당신을 사랑합니다, 아주 많이요."

기
다
리
는
 나
무

성자의 방

벌들은
육모방 칸칸이 뽀얀 알을 기르고

누에는
한 잠 두 잠~ 넉 잠 자고 하얀 실집에 들고

참새도
초가지붕 추녀 속에 포근한 잠에 들지요

높이 쌓아 올린 네모난 집
불빛 환한 창문 안은 맛있는 웃음소리

"머리 둘 곳도 없다" 하신 주님!
당신 닮은 성자는 오늘밤
어디서 떨고 있을까요

높새바람 유난히 세차게 우는 밤입니다

아기 예수를 보았을 때

나는 내가 사람인 줄 알았습니다
사람 중에 괜찮은 사람인 줄 알았습니다
무슨 선한 일 한답시고 땀도 조금 흘렸지요
어디서는 긍휼이란 걸 흉내도 내보았습니다
정직하게 살았다고 자부심도 컸습니다
무례함은 싫다고 목소리도 높였지요
도덕성 운운하며 비판도 삼가지 않았답니다

아기 예수를 보았습니다
그때 내 눈이 조금 밝아지며
내가 짐승인 것을 알았습니다
짐승의 밥그릇 나무 구유
거기 담긴 아기 예수는
짐승인 내게 먹이가 되어주기 위한
하늘나라 생명 양식이었습니다
큰 별 하나
유난히 반짝이는 놀라운 밤이었습니다

롯의 처를 생각하라

머뭇거리지 마라(죄악의 땅)
산으로 도망가라(구원성)
앞만 보고 나아가라(생명길)

살을 찢는 아픔으로 이르신 말씀
농담으로 여기고 믿지 못했네
살보다 아끼는 눈부신 보석
뼈보다 빼어난 高 가구
산 높이 쌓아 놓은 재물, 재물, 재물
끝내 떨치지 못한 미련한 여인
뒤돌아보는 순간 소금기둥 되었네
가족도 천사도 잡은 손 놓아야 했네

믿음 없는 자의 경고가 된
"롯의 처를 생각하라"*

들리는 것 보이는 것 없어도
앞만 보고 의심 없이 나아가면
구원성 소알에 이르게 되리

* 누가복음 17장 32절

기다리는 나무

거기 한 산이 있고 한 나무가 서 있었다
바라보는 사람 하나 없어도
누군가를 기다리고 있는 나무
나는 그 나무 그늘을 덮고 쉬고 싶었다
그가 긍휼한 눈길로 나를 불러주었다
끌리듯 다가간 내게 말없이 등을 내주었다
나도 말없이 그의 등에 기대어
고단의 시간을 내려 놓았다
깊은 잠에 들었던가
그가 나를 흔들어 깨웠다
내 속의 세포들은 생생 기뻐하는데
재촉하듯 내 등을 밀어냈다
닮은 한 나무로 서 있기를 바라는 눈빛
그 눈빛 내 작은 등에 지고
궁창(穹蒼) 너머 높은 곳에 길을 물었다

꽃씨를 심는다

소금눈물 떨어져 패인 곳마다
꽃씨를 심는다

낮아지거라, 일러준 가난 돌짝밭에
꽃씨를 심는다

쉼의 자리 내어준 그 강가 모래톱에
꽃씨를 심는다

고단한 아침 흙먼지 풀풀 이는 노동의 길에
꽃씨를 심는다

그대여, 우리 사랑 꽃밭에 눈 맞추고
꽃씨를 심자

다각도형(多角図形)

쭈뼛쭈뼛 문밖에서
들지도 나가도 못하고 서성대는 말썽쟁이
보드라운 비단옷 꽃수 놓아서
몸매 맞춰 새옷 지어 입혀줄까

엇나기 삐죽이 삼각형
차고 넘치는 똑똑이 사각형
트집쟁이 엉뚱兒 다각형

角 角 뿔 角 제 멋대로 제 맘대로
삐죽빼죽 돋치고 뒤틀린 심사
찢기지 않는 가죽옷을 입혀주자

다각 도형 내칠 수 없는 가슴앓이
너희는 우리 한(韓) 어미 자식인 거야
돌아오라, 기다리는 품으로~~
불러야 할 새 노래는 합창곡이란다

웬

세상 하늘 아래
시집 한 권 안 내놓고 아니 못 내놓고
형무소에서 짧은 생을 마친 민족 시인이시여!

우리 대한민국 국민이
존경하고 사랑하는 시인(尹東柱, 1917~1945)
하늘을 우러러 한 점 부끄럼이 없기를
바라던 맑디맑은 시인의 序詩 앞에
'웬'
하늘을 우러러 한 점 부끄럼이 없는
입술 얇은 당당한 위인이 그리도 많은지요

땅 보기도 부끄러운데
하늘을 저리 맑게 닦아 놓으시고
위를 보라 하시네요

오, 하나님!

가을이 간다, 친구야!

감춘 눈물은 미움도 발효시켜 놓았다
이제 우리의 시간도 저무는 저녁이다
어깨 치세우고 까치발로 서 있기는
어디 쉬운 일이었던가
한 올 눈길을 끌어보려고
목을 뽑던 하루날의 끝은 불면(不眠)이었지

재촉하지 않아도 계절은 가고
한 잎 두 잎 가볍게 내려앉는 나뭇잎
가을물 짙은 숲길을 걷다가
곱게 떨어진 나뭇잎을 주워보아라
벌레 물린 자욱, 찢어진 상처, 시퍼런 멍자리
온전한 잎새는 별로 없더군
돌아보고 둘러보니 세상살이 그렇고 그렇더군

나뭇잎 다 떨어져서 쓸쓸하다 했더니
나뭇가지 사이로 보이는 하늘은 맑기도 해라
낙엽에게 묻지 않아도 길이 보이네

사랑 간격

너와 나 사이 사랑 간격을 두자
나는 이곳에 너는 그곳에
둘이 하나 되려고 애닳아 말자
유리그릇으로 깨지면 슬픈 일이지
미워라 흘기는 눈 사랑 아니야
아름다운 추억으로 간직할 사랑아
차라리 가슴으로 목말라 하자

멀어지면 잊힐라 가까이 무심할까
닿을 듯 닿을 듯 그리운 거리
애타도록 보고 싶어 눈물이 나면
그리움의 샘물을 길어 올리자
들레지 않는 우리 사랑은
들꽃처럼 수줍고 나무처럼 그 자리
밤하늘 별처럼 거기 그렇게

네 발에 신을 벗어라

당신의 발은 평안인가요
지금 무슨 신을 신고 있나요
짚신 나막신 고무신 가죽신
발에 맞는 신을 신고 있나요
아픈 발을 절룩이며 걷고 있다면
맞지 않는 신발 때문이겠지요
헌 신짝 일찍이 버리지 못해
높고 험한 고갯길은 미끄럼틀이었지
끝끝내 버리지 못하면
엑소더스는 꿈도 못 꾸지

흘긴 눈 질투신, 부글부글 미움신
타오르는 욕망신, 머리 깨지는 고집신
불평불만 원망신, 안하무인 오만신
폼생폼사 못 말리는 사치꽃신
속고 속이는 불신시대 거짓신(짝퉁신)

"네 발에 신을 벗어라"

강한 손이 닫기 전에 스스로 벗어라
활화산 불길 속에 던져 버리라
홍해 바다 깊은 물에 수장 시켜라
거룩한 산에 오를 자 누군가
헌신짝 벗어버린 부르튼 발을 치유하라
새하늘 새땅의 주인을 꿈꾸는가
"네 발에 신을 벗어라"

감자꽃

초록춤 너울너울 오월 감자밭
치맛자락 펄럭펄럭 북 주시는 할머니
감자알이 자라는 땅속은 고요하여라

'자주감자일까, 하얀 감자일까'
땅속 감자알에 대하여 꽤나 궁금한 나의 유년에
나만 조급하고 할머니 연륜은 느긋하기만 했지
뿌리 건드리면 새끼 감자 놀란다고 얼씬 말라시며
꽃이 피면 다 알게 된다는 높으신 말씀
뜻을 몰라 동그란 내 눈은 답답한 물음표

'자주감자 자주꽃, 하얀 감자 하얀 꽃'
'사람 일도 마찬가지 속마음꽃'
'꽃 때가 되면 다 알게 된단다'
'하늘 아래 비밀은 없는 법이야'

비밀이 뭔데요, 할머니!

* 2002년 2집 수록 작품 개작

여름나무

노동도 힘들고 놀이도 힘들지
물 흐르듯 쏟아지는 땀을 식히려고
더위가 무서운 사람들
너도나도 동해로 떠난다

푸른 마음은 시샘하지 않는다
더위를 머리에 쓰고서도
인내의 노래를 달게 부른다

목을 빼고 기다리지 않아도
돌아오라 재촉하지 않아도
때가 되면 돌이켜 잰걸음으로
여름나무 그늘로 찾아 들 거야

사랑은 오래 참고 기다려 주는 것
왜, 어째서라고 묻지 않는 것

코스모스

땅이 혼돈하고 공허하며 흑암이 깊음 위에 있고
여호와의 영은 수면 위에 운행하시니라*
창조의 역사가 시작되고 혼돈이 질서로 바뀌다
그중 한 별을 택하여 초록옷을 입히시다
궁창을 만드시고 땅과 바다를 가르시고
푸른 하늘을 펼치시고 해를 매달고 달을 띄우시고
크고 작은 수많은 별들을 심어 큰 집에 담으시다
그 조화로움이 아름답고 심히 좋았더라

나무, 꽃, 풀, 채소가 그 종류대로, 물고기를 종류대로
토끼를, 다람쥐를, 노루를, 호랑이를, 무가내 멧돼지를
개미를, 지렁이를, 굼벵이를, 두더지를, 간교한 뱀을
벌을, 나비를, 잠자리를, 메뚜기를, 꾀돌이 거미를
송아지를, 망아지를, 재롱이 강아지를, 여시같은 여우를
너를, 나를, 우리를, 어우러져 살게 하셨지, 그러니까
이 모두가 우주인 거야, 우주 안에 작은 우주
코스모스, 너는 수많은 꽃 중에서 뽑힌 우주꽃인 거야
나도 우주니까 하늘만큼 너를 예뻐하고 너도 우주니까
예쁜 옷 차려입고 우주바람 손잡고

나를 반겨 맞아주는 거야
모두 질서를 지켜 조화롭게 사랑하라 하신 거야
사랑은 우주 질서를 지키고 초록별 가꾸는 법칙인 거야
사랑하는 마음은
흘기는 눈 안돼 주먹 꽉 쥐고 위로 올리면 안돼
나야 나 하면 안돼 우리라고 해야 하는 거야
이기려고 해도 안돼 그러면 밟아야 하잖아
눈물이 나도 참고 불어치는 바람도 다독이면 포근해져
세상이 아픈 곳도 많고 거짓 늪도 점점 깊어지고 있어
하나뿐인 초록별이 빛을 잃고 아파하면 우주는 얼마나
슬퍼할까
하나님의 형상대로 선하게 지음받은 사람의 욕망이
선을 넘었어

하늘만큼 복을 주시고 "만물을 다스리라" 하신 하나님,
계신 그 하늘까지 높아지려 하는가, 오호, 두려워라
두 손 가슴에 얹고 도리도리 돌아서라, 사람아
세상을 이처럼 사랑하신** 그 사랑 앞에 울어보자
사람이니까
잃어버린 형상 회복을 위해 물거울 앞에 서자
사람이니까
나도 그 사랑 겨자씨만큼이라도 닮아보려고 해
사람이니까
초록별은 우리 후대들이 대대로 살아야 할 우주별

망가트린 사람들이 당연히 원상회복 시켜 놓아야지
뚫린 하늘 꿰메고 얼음산 눈물 거두라 위로하고
땅의 오물을 닦고 바다의 화를 풀어 푸른빛을 찾아야지
우주 품에서 영원히 빛을 내는 초록별이 되도록~~~
욕심과 오만으로 버무린 혼돈의 역사는
이제 끝내기로 한다
지구를 품은 위대하고 광활(広闊)한 질서 宇宙
"COSMOS"

* 창세기 1장 2절
** 요한복음 3장 16절

원죄(原罪) - 뱀

눈 밝은 올빼미에게 알록 무늬 들킬라
허물벗기 하리라 마음먹었겠지
겨울잠 푹 자고 일어나
땅속 감옥 탈출하고 싶었겠지
에덴을 꿈꾸며
실눈 크게 뜨고 꼿꼿이 서서
무사히 회복 강물 한 번 건너리라
새 옷으로 갈아입고
귀거래사 한 편 유려하게 써 보리라

혈액형도 바꾸는 세상 껍데기쯤이야 했겠지
몰랐지, 알록 속옷 달록 겉옷
배냇공장 탈색 불가 제품인 거 정말 몰랐지
간교한 두 갈래 혓바닥
차가운 핏속 변하지 않는 DNA
길고도 질긴 거짓 족보의 비극사

그림자 – 죄

인간을 떠나서는 살 수 없다고
앞에서 알찐알찐 뒤에서 치근치근
달아나면 좇아오고 돌아보면 버티고 서서
부릅, 노려보는 태풍의 눈
分秒도 떠나지 않는 검은 그림자
우중충 궂은 날엔 정체가 들통날까 봐
지하로 지하로 파고 들어
또 다른 흉계를 꾸며대는
인간사 한평생, 영원히 해결 못 할
길고도 질긴 카인의 발자취

이슬

풀잎 끝에 이슬
그 눈빛 착하다

사람이 풀섶길을 간다
풀잎에 스친 발 이슬에 젖는다

버럭, 걷어차인 이슬
빙긋 웃으며 눈을 감는다

길 끝에서 사람
이슬이 되다

맴맴 매~애앰

노랫소리로 가볍게 여기지 마라
십 년 가까이
심사숙고 끝에 내린 경고다
한 사람, 누구라도 깨달아야 한다
짧은 생을 길게 외치는 소리

자중하라
비워라
엎드려라

유예는 열흘뿐이다
깨닫지 못하는 어른들 때문에
좌우 분별 못 하는 어린 것들만 불쌍하다
들을 귀 있는 자는 듣고 일어나라

4부

기다리는 나무

들꽃은 들꽃으로

들풀과 어우러져 피어나는 들꽃
청순한 네 얼굴로 하여
가을은 참 맑은 수정이구나

내 일찍이 너를 데려다가
봉숭아 채송화 분꽃이랑
담장 안 꽃밭에서 놀게 하고 싶었지

초가을 산책길에 어쩌다 마주치면
두 손으로 얼굴 가리며
뜰 안 꽃밭은 답답하다고 숨어버린 너
가을바람 불면 많이도 보고 싶어라
내 마음 들판에
하얗게 피어나는 들꽃 사랑아
네 이름이 뭐니?

청보리밭 - 아내

오월 청빛 하늘 아래
푸른 바람 불어오면
드넓은 청보리밭은
초록 머릿결로 출렁인다

누렇게 늙기 전에
까스래기 쇠기 전에
빛바랜 머릿결
푸석푸석 덤비기 전에
손금 안에 새겨두고
저무도록
아껴주고 싶어라

꽃잠 든 얼굴 풋풋한 사랑아
머리맡에 앉아
가만히 쓸어본다
동백기름 자르르 흑푸른 머릿결

옥잠화

삼단 같은 머릿결
틀어 올린 쪽머리에
고이 꽂은 옥비녀

당신을 기다리는 설렘입니다

진주빛 백옥 살결
별빛 날줄 달빛 씨줄
정성 한 땀 겹비단* 향낭(香囊)

당신께 드리는 순결입니다

* 자수를 놓을 때 많이 사용하는 비단

첫날밤

ㄱ ㄴ ㄷ ㄹ ㅁ ㅂ ㅅ
창호문 문살은 한글 공부 판
보이지 않는 ㅇ은 어디에 숨었을까
신랑집에 숨었나 각시집에 숨었나

얄궂고도 재미있어라
첫날밤 신방 엿보기*
손가락에 침 발라 문 창호지 뿅뿅뿅
찾았다 ㅇ을 찾았다

선생님은 신랑대왕 학생은 귀여운 꽃각시
창호문에 비친 깨꽃 실루엣
3남 3녀 대대 손손 번창하겠네

* 조혼 시대에 어린 신랑신부 보호하기 위한 풍속

새봄살이

봉올봉올 망울망울
봉긋봉긋 뾰족뾰족

뽀얗뽀얗 파릇파릇
노랑노랑 분홍분홍

아른아른 살랑살랑
보슬보슬 졸졸졸졸

따스따스 포근포근
이랑이랑 씨앗씨앗

두근두근 설렘설렘
너랑나랑 두리사랑

눈물나게 참아보게
어여쁘게 살아보게

배추꽃과 무우꽃

배추꽃은 노랑꽃
무우꽃은 파랑꽃

따스한 봄볕이 좋아
한 밭에 피는 꽃
노랑나비 흰나비
봄바람 타고 종이접기

배추꽃 무우꽃 피는 봄날엔
첫사랑도 곱게 피어라

봄풀과 봄꽃

봄꽃
잎눈 뜨기 전에 서둘러 핀 꽃얼굴
입술 파랗게 웃는 꽃 추워라
긴 목 늘이고 바라보는 눈길 추워라

봄풀
들길이나 산길이나 들판 아무 곳이나
파릇이 돋아나 순박한 모습 풋풋한 살내음
수수하게 그냥 그렇게

예쁨도 향기도 별난 것 없어 찾는 이 없네
가끔 지나가는 바람이 손인사 할 뿐
소박하게 그냥 그렇게

열흘쯤 가고 봄도 따라 가버린 날
봄꽃, 후루루 봄비로 내리다
봄풀, 푸릇푸릇 여름맞이 바빠라

사랑 단풍

수수깡 울타리 넘어 앞집 처자 뒷집 총각
힐끔 슬쩍 눈에 박힌 정이 가슴으로 내려왔네
펄펄 끓는 사랑앓이 죽을 만큼 뜨거워라
궁리궁리, 꽃잎 지는 봄날 하루 날 잡아
검은 새벽을 뚫고 하얗게 달렸네

오매불망 늙은 어매
동네방네 다 뒤져도 머리카락 하나 못 찾았네
우두커니 늙은 아배
여름 가고 가을 오니 눈물도 다 말랐네

저기 저 가을 산 좀 보소
온 산이 빨갛게 물이 들었소
어찌 저리도 붉게 타는가

저것은 사랑
숨길 수 없는 뜨거운 사랑
아무도 갈라놓지 못한 불꽃 사랑

바보 단풍

볼우물이 귀여운 계집애
어깨 품이 넓은 늠름한 사내
손잡고 가을길을 걷는다

사내아이 한 마디
'참 곱다'

계집애 좋아라
'나'

'아니 단풍'

눈치코치 없는 사내 손 슬며시 놓고
토라진 계집애 눈물줄기 밟으며 내달았네

삐친 서운함도 삭아 내릴 세월
망각인 줄 알았더니
너의 단풍은 어찌 저리도 붉은 것이냐?

은행잎 편지

나뭇잎이 물들기 시작한다
하늘은 높고푸르러라
굴러가는 은행잎 따라
홀로 가을길이 쓸쓸하다

그 언제였나 아득한 시절
노오란 은행잎에 그리움 담아
가을 편지 보냈었지

글 내용은 없어도 괜찮아라
세월에 닳은 지문이라도 찍어
작은 엽서 한 장 보내오면
기다린 눈물도 가을빛에 곱겠네

하늘은 서럽도록 높고 푸르러라
떨어지는 은행잎 하나 받아들고
가을 끝자락을 붙잡아 본다

홑꽃 피우는 아이들

양지 바른 담장 아래 조약돌 같은 조무래기들
가위 바위 보, 술래를 뽑습니다
두 손으로 얼굴 가린 술래는 담장에 붙어 셈을 합니다
'무 궁 화 꽃 이 피 었 습 니 다'
꽃 한 송이 필 때마다 한 발 두 발
술래 몰래 가까이 가까이 다가갑니다
꽃 한 송이 피면 열입니다
꽃 두 송이 피면 스물입니다
아이들 꽃은 추위도 거뜬 이겨 피어납니다
사시사철 무궁꽃 만발한 곳 있지만
여름이 먼 아이들은 양지받이로 꽃을 피웁니다
'무 궁 화 꽃 이 피 었 습 니 다'
한 송이씩만 피웁니다
천이 되고 만이 되는 겹꽃은 피울 줄 모릅니다
꽃 피우기 싫증 나면 담장 아래 모여 앉아
이야기꽃을 피웁니다
입춘이라지만 아직은 손끝 시린 차가운 바람
착한 아이들 볼이 발그레 곱습니다

장미의 새로운 길

꽃보다 예쁜 노래로 너의 길을 축복해
티 없이 맑은 순백으로 피어나라
그리움 너머 뜨거운 사랑으로 피어나라
별바라기 화려한 날들은 아름다운 추억
뽑아낼 수 없는 가시의 아픔은 잊어도 좋으리
꽃잎에 맺힌 눈물은 착한 꽃마음
너의 눈물 닦아줄 사랑을 만나게 될 거야
새로운 길은 떨리기도 하겠지
꽃동무들 마음으로 동행할 거야
꽃잎에 앉은 이슬이 햇살에 곱다
하늘향기 푸르게 퍼지는 아침이다

　　기다리는 나무

외딴집

아무도 찾는 이 없는 외딴집 한 채

먼 하늘 바라보며 하얗게 늙어간다

그리움도 세월 따라 늙어 가는데

기다리는 사람은 언제 오려나

마당가 앵두꽃 피고 지는데

앵두 따던 소녀는 어디서 외로울까

초가지붕 박꽃 필 때 찾아오려나

외딴집 달빛도 하얗게 늙어 간다

할머니 목화밭. 1

목화밭은 달콤한 주전부리 밭
연분홍 연노랑 추석빔 같은 목화꽃
밭고랑 오가며 고운 눈길 보내주면
어느새 아쉬운 이별을 손짓하고
무명 치마 냄새 맡고 목화 다래 익는다
할머니 치맛자락 붙잡고 다래다래 따먹다가
된 꾸중 들었다
열도 넘는 손주 중에 날 젤로 귀애하신 할머니
왜 그러시는지 모르겠다, 정말 모르겠다
내 입맛은 이렇게 달콤한데

선선한 가을바람 목화밭을 휘~익 쓸어준다
목화꽃 피어난다 또꽃 새하얀 솜꽃
아하, 내가 먹어버린 다래 속에
할머니 품속 같은 하얀 솜꽃 숨어있었네

그리워라, 따뜻한 내 목화할머니

할머니 목화밭. 2

목화밭에 할머니 계시다
할머니 머리에 하얀 솜꽃 따뜻해라
짚둥구미 허리에 끼고
솜꽃구름 다복다복 채우시네

다래 같은 내 손녀 어느새 시집나이 되었는가
무명 이불 햇솜 이불
신랑 각시 사랑 이불
포근포근 꾸밀레라

할머니 손끝에서 하얗게 피는 솜꽃
둥구미 속은 솜구름이 둥실둥실
할머니 머리에 솜꽃이 다복다복
그리움도 햇솜으로 피어올라라

목련꽃 피는 4월

4월 햇살 하얗게 눈이 부신 날은
목련꽃 아래 발걸음이 머문다
꽃잎에 흐르는 평온하고 아련한 그리움
누구십니까?
올해도 목련꽃은 지천으로 피어나고
알길 없는 그리움은 병으로 도졌다
담장 넘어 목련꽃은 백옥처럼 빛나고
잡히지 않는 기억은 감감하여라

눈을 감는다
기억을 따라 목련의 시간이 흐른다

서서히 떠오르는 유년의 내 고향
목화밭이다, 다래 속에 숨었다 피는 또꽃
할머니 손끝에서 피어나던 솜꽃이다
목련꽃은 그리운 내 할머니꽃이다

호박 이야기. 1 – 그래도 참겠다

내 이름은 호박이다
호박처럼 생겼다고 흉보고 놀리지 마라
분하기도 하고 부끄러워 얼굴 못 든다
특별 부탁은 못난이를 내 얼굴에 비기지 마라
명예훼손으로 고발 준비 중이다
이유 없다고 기각하지 마라
나의 DNA는 거룩한 하늘 속이다
입술연지는 고사하고 크림 한 번 바른 적 없다
넉넉한 살집에 살빛 좋고 여드름 한 톨 없는
매끈한 내 둥근 얼굴, 내 이름은 호박이다

예뻐서 뽐내는 TV 미인들아
화장기 싹싹 지우고 민낯으로 나와봐라
어디 눈싸움 한 번 해보자 누가 더 착한지
치고받고 밀치고 제물에 자빠지는 모가 난 세상
둥굴둥굴 살아온 나를 마냥 무시한다면
그래도 참겠다
내 이름은 호박이다

호박 이야기. 2 - 혼담

혼인 중매 태산만큼 어려워라
보는 것 따지는 것 참 많기도 해라
본인 학력부터 시작 아파트 직업 연봉 나이 키 몸무게
얼굴 생김새 건강 성품(살아봐도 모르는 걸 어쩌라고)
부모 형제 학력 직업 재산, 일가친척 사돈의 팔촌에
사주 관상 궁합까지, 그러고도 아니 아니야, 퇴짜
입맛에 딱 맞는 사람 여간 찾기 어려워라
순한 마음으로 부드럽게 진행하면
천생연분 순리로 맺어질 인연 더 어렵게 만들더라
인륜지대사 신중하게 한답시고 고르고 또 고르고
백 번쯤 고르더니 한 달 살고 부부싸움
아기 하나 별거 선언
아기 둘 합의 이혼 자식 앞날 망치더라

호박꽃, 순한꽃, 착한꽃, 부지런꽃, 상냥꽃, 바보꽃
새벽이슬에 세수하고
중매쟁이 호박벌 꽃술 편지 고맙다고
둥글둥글 생긴 대로 자식 낳고 다정하게 해로하며
잘만 살더라
풍성한 가을 좋고 후덕한 인심 좋아
앞집 뒷집 호박덩이 나눔도 잊지 않더라

호박 이야기. 3

쌍떡잎부터 다르더라, 넓은 잎 좋아라
보리밥 된장찌개 호박잎쌈 건강 밥상

새벽부터 벌을 기다리는 부지런꽃 좋아라
이른 새벽 호박꽃 접붙이기, 붓기 빠진 엄마 얼굴 곱다

노랑꽃 좋아라
노랑저고리 수줍은 새색시, 새신랑 자즈러지네

흥겨운꽃 좋아라
노랑지등 밝혀놓고 꽃노래방 붕붕붕 호박벌 노랫소리

입맛 돋아 화목해서 좋아라
애호박은 호박전, 황금호박 호박죽, 호박고지 호박떡

고소해서 좋아라
볕 좋아 잘 마른 호박씨 살짝 볶아 들락날락 간식거리

맞거나 말거나 가려운 얘기 재미있어라
호박씨 까먹으면 이(蝨) 생긴다는 할머니 말씀

재미 있는 속담 공부
앞에서 착한 척 뒤에서는 딴짓거리
'뒤로 호박씨 깐다'

할머니 코고무신 – 6.25 남침 70주년에

엄마보다 할머니를 더 많이 따랐던 나는
할머니 생각만 하면 가슴부터 먹먹해진다
열도 넘는 손주, 그중 나를 젤로 예뻐하신 할머니는
하얀 코고무신을 아껴 신으셨지
16문 할머니 작은 코고무신 가끔 신어보면
내 발에 꼭 끼는 것이
할머니가 안아주시는 것 같아 발이 아파도 꾹 참았다

하얗게 센 머리 동그스름한 얼굴 단아한 옷맵시
코고무신 신고 가만가만 아기 걸음으로
동네 마실 나가시던 할머니

검은 화염이 하늘을 덮고 터지는 포성에
가슴이 좋아 온몸의 피가 거꾸로 흐르던 여름
뿌리 내린 벼포기 푸르게 새끼 치던 그해 7월
무명 잠방이 걷어 올린 튼튼한 두 다리 초록진 논길로
누구의 부름으로, 왜, 무엇하러, 어디로 가는지 모른 채
뒤도 돌아보지 못하고 할머니 막내아들 사라져갔다

'아들아, 내 아들 막내야'
의용군이라 누가 뭐라 할까 가슴으로만 소리쳐 불렀을 그 이름
이제나저제나 오매불망
할머니 작은 체구에 파인 싱크홀 바닥의 깊이를
누가 알까
여름은 말없이 도망가고 갈바람이 안겨준 아픈 눈물은
할머니 흰 머리카락을 끌고 블랙홀로 빠졌다, 그리고 영영

행방불명자 찾아볼 엄두도 못 내보고
손가락 하나 까딱 못하고 큰 숨 한 번 내 쉬지 못한 세월
고무신 코에 떨어지는 눈물도 숨기며
악한 시대의 죄인으로 사신 할머니!

'버선발은 코고무신 신어야 편하고 예쁘단다'

할머니 말씀에 순종의 예를 갖추어
하얀 코고무신 한 켤레 댓돌 위에 올려놓는다
가슴 찢으며 피눈물로 사신
할머니 세월을 신어드려야 할 것 같은 6월

5부

기
다
리
는

나
무

눈내린 아침

아침에 일어나면 습관을 따라
창문을 먼저 열어놓는다
밤사이 눈이 내려
세상이 하얗게 바뀐 아침
강아지가 눈밭에서 놀고 있다
뛰기도 하고 뒹굴기도 하고
꼬리를 살랑이며 놀고 있다
지치지 않는 강아지 놀음은
보는 나도 즐겁다
강아지가 놀고 간 눈밭은 하얀 눈세상 그대로다
사람이 다닌 길을 보라
찻길, 골목길, 앞마당까지 검은 눈물로 질펀인다
사람도 다니기 싫어 피하는 길
강아지는 욕심부리지 않는다
제 밥그릇으로 족해 꼬리를 흔든다
하얀 눈밭을 보며 입맛이 씁쓸한 아침이다

산딸기 따는 여름 아이들

여름 아이들이 더위를 피해
산바람 시원한 야트막한 산을 오른다
놀다가 심심하면 산딸기를 따 먹는다
한 움큼씩 입에 털어 넣어도
허기는 메워지지 않는다, 산딸기니까
산딸기 넝쿨 가시에 찔린 손은 따갑고
배도 부르지 않아 아이들 놀이는 시들해진다

아이들아, 한여름 쑥쑥 잘 자라거라
가을에는 포도밭으로 가자
알알이 탐스런 자색 포도송이
하늘 맛이 들어 새콤달콤한 향이 일품이란다
가을에는 바구니 가득 포도를 따렴아
마가 다락방 마지막 만찬의 감동이
너희들 작은 가슴에도 물결칠 거야

씀바귀나물

깨끗한 물로 씻고 또 씻어라

팔팔 끓는 물에 푹푹 삶아라

맑은 물로 헹구고 한참 우려라

짜고짜고 꽉 짜고 좨기를 만들어라

쓰디쓴 옛 성질 다 죽었다 싶으면

갖은양념에 조물조물 손맛 더하기

새콤달콤 쌉싸래한 씀바귀나물

누구나 좋아하는 바로 당신이야

딸기 사랑

촘촘 박힌 주근깨 빛나는 얼굴
개구쟁이 놀림에 홍당무가 되는 계집애
잼 만드는 솜씨 으뜸인 요리쟁이

무릎을 세우고 다소곳이 앉아
새신랑 기다리는 첫날밤 새색시
달콤하게 속삭이는가 하면
새콤하게 삐쳐 돌아앉는
밉지 않은 사랑 각시

향긋한 살 내음 꿈결인 듯 설레네
더 많이 사랑 주면 더 곱게 예뻐질 거야
받은 만큼 예뻐져라, 오래오래 내 사랑

천사를 만났습니다

겨울잠을 덜 깬 대지를 봄비가 깨웁니다
나도 나의 잠을 깨웁니다
깊은 잠에서 깬 나는 얼마만큼 들뜬 마음입니다
꿈속에서 천사를 만났습니다
청력이 약한 내 귀를 부드러운 날개로 감싸주고
하늘 언어로 속삭였어요

슬픈 눈물을 곱게 가꾸면 꽃들도 곱게 피고
가시를 참아내면 열매에 단맛이 든다고
귀엣말을 넣어주었어요
아가가 말을 배우듯 하늘 말을 배웠어요
두 어깨에 날개 돋을 날이 온다고 알려줬어요
하얀 날개옷은 기도로 준비하라, 했어요

천사의 말을 들을 때 무서움이 사라졌어요

꽃이 울었나 보다

꽃봉이 틔기 시작하면
꽃길이 비좁다
피는 꽃잎 따라 무리무리
사람꽃도 피어난다
꽃도 계속 피어나 꽃무리를 이룬다
꽃과 눈맞춤 하며
고단을 날려보는 꽃하루
짧은 꽃날의 아쉬움은 길다
꽃비 맞으며 달래보는 사람들
꽃길 끝에서 떨어진 꽃잎을 줍는다
꽃잎에 물방울 하나 달려있다
꽃이 울었나 보다

아가와 숨바꼭질

흰히 비치는 커튼 뒤에 숨었다

'나 찾아봐라'

방문 뒤에 바짝 붙었다

'나 찾아봐라'

'어디 숨었을까, 우리 아가

커튼이 두꺼워도, 방문이 닫혔어도
아빠는 다 알고 있단다, 아가야
네가 어른이 되면 숨바꼭질하지 마라
어른들 숨바꼭질은
속이고, 스스로 속는 짓이란다
숨지도 말고 꼬리 찾기 술래도 말고
곧은 길 찾아 그 길만 걸어라
빛은 위에서 내리나니 항상 위를 바라보아라
네가 밝으면 세상도 밝아지겠지?

동지(冬至)

아들아, 딸아
편히 잘 잤느냐?
힘을 내어라
이제
새벽을 깨워보아라

하지(夏至)

아들아, 딸아
힘들지
그동안 애썼다
이제
쉬엄쉬엄 하거라

작은 꽃밭에서

사람들은 모두 외롭다 하지
나는 그들을 위로할 여유가 없지
나도 그들만큼 외로우니까
외로움도 깊으면 슬픔이 되지
고향 열차에 오르는 처방을 내린다

빈집, 작은 꽃밭에 쪼그리고 앉는다
얼었다 녹은 꽃밭 뽀얀 입김
땅 밑에서 들려오는 작은 목소리
작은 꽃밭에서 까만 꽃씨와 나눈
자잘한 이야기 속에 엄마 냄새가 난다
엄마가 차려준 시골밥상은
제목 없는 외로움을 말끔히 지워버린다
여름을 예쁘게 피워낼 어린 꽃동무들
외로워도 울지 말고 여름을 기다리란다

말씀 선물 받으세요

깊은 섭리로 만나서 곱게 가꾼 우정
한 마디 말실수로 무너지는 건 순간이지
한 번 틀어지면 백 마디 변백(辨白)도 헛짓
되돌리기는 태산을 넘는 일

삶이란 가꿈으로 이어지는 일생인 거야
만남도 돌이 될지 보석이 될지 가꾸기 나름
'말로 천 냥 빚 갚는다', 새겨들을 말

반가워요, 고마워요, 미안해요, 괜찮아요, 잘 했어요
건강하세요, 평안하세요, 행복하세요, 아름다워요
덕분입니다, 또 만나요, 사랑해요, 축복합니다
~~~
언제 어디서나 누구에게나
맛있는 말씀 선물, 아낌없이 드릴게요

웃음꽃

물근원 마르면
샘물 솟아나지 않는다
웃음샘 마르면
웃음꽃 피어나지 않는다
웃음샘 근원이 어디더라
허리인가, 겨드랑인가, 발바닥인가
아니다
웃음 담긴 얼굴이 웃음샘 근원이다

싸움이라도 걸듯 찡그린 골보 얼굴
햇살 아른대는 봄들판 냉이꽃처럼
그냥 소박하게 웃어라
웃음꽃 피우는 길은 웃음뿐이다
웃음이 샘솟는 아가들 얼굴
꽃보다 아름다운 웃음꽃이다

모비우스 띠 – 쉽지는 않을 거야

나비가 날개를 접듯
너를 접었다
꽁하고 얼었던 옹졸함을
눈물로 풀었다
마음 돌려 네 의자에 앉았다.

이렇게
아름다운 사랑으로 이어질 줄이야

고결한 향기와 애정 깊은 시선

이현민 시인의 시 세계

이명훈 시인, 소설가

1. 시인의 시는 곱고 단아하게 핀 사랑이다

이현민 시인의 시들은 곱고 단아하다. 서정이 풍부한 가운데 인간의 향기를 결코 놓치지 않는다. 옥잠화를 노래하는가 하면("진주빛 백옥 살결 / 별빛 날줄 달빛 씨줄 / 정성 한 땀 겹비단 향낭", 「옥잠화」), 6.25 전쟁으로 인해 가슴앓이를 한 할머니를 불러낸다. 코고무신이라는 은유가 절묘하게 쓰인다.

> 16문 할머니 작은 코고무신 가끔 신어보면
>
> 내 발은 아팠지만
>
> 할머니가 안아주시는 것 같아 꾹 참았다
>
> - 「할머니 고무신」 1연 부분

작은 신에 발이 들어가면 아프기 마련이다. 그러나 시인은 어린 나이에도 그 아픔을 사랑으로도 느낀다. 아픔을 동반한 사랑, 사랑으로 치환된 아픔이기에 아름다운 공명이 인다. 양면적인 감정이 하나의 깊은 감정으로 혼융되어 노년기에 그것을 반추하며 시적 형상화로 고스란히 이어진다.

이 고스란한 이어짐이 중요하다고 여겨진다. 바로 그 점에서 시인의 고아한 품성이 느껴진다. 쉽지만은 않았을 세월을 인내하고 성찰하며 뜻을 벼리며 살아온 향기가 가슴을 아리게 흔든다.

2. 시인의 시는 인간의 향기를 놓치지 않는다

할머니는 시인의 할머니로 한정되지 않는다.

위안부 할머니까지 확장된다. 코고무신이 6.25 전쟁을 배경으로 했다면 위안부 할머니를 다룬 시는 일제 식민지가 배경이다. 그만큼 시인의 연륜이 깊다. 복잡다양한 우리나라 근현대사를 관통하며 보는 눈매가 곱고 결기와 아름다움, 훈기가 있다.

할머니가 코고무신을 통해 묘사된다면 위안부 할머니는

봉숭아를 통해 묘사된다.

봉숭아 꽃잎은 보통 연정이나 추억 등 긍정적인 것으로 은유된다. 시인은 그러한 통념을 부수는데도 과감하다. 긍정적이며 통념으로 보이는 그것을 위안부 할머니가 강제로 당한 견딜 수 없는 수모의 고통으로 해석한다("혀를 깨물고 피눈물로 애원했겠지 / 활짝 피지도 못한 꽃잎", 「봉숭아」).

이성적인 건축이라기보다는 마음으로 가는 것이다. 아이가 아프면 어머니의 손길이 절로 가듯 그렇게 몸짓이 빨라서 자신의 문학 표현이 통념에 대한 반박, 전복이라는 사실조차 잘 모를 수 있다. 이런 면에선 세상 때가 묻지 않은 시인의 순수도 엿보인다.

봉숭아 꽃물 들이기가 위안부 할머니의 수모로 연결되는 것엔 약간의 작위적인 듯 보이기도 하지만 짐짓 어설퍼 보이는 것 같은 그 지점이 시인의 독특한 시적 상상을 펼치는 창이라는 점이 개성적이며 의미 있는 지점이라 여겨진다.

이러한 전복은 시 「리키다소나무와 담쟁이」에서 놀라운 미학을 창출한다.

담쟁이에 대한 시는 많은 시인들이 시도했고, 널리 알려진 시편도 여럿 있다. 그들 시에서 담쟁이는 주로 벽을 오르는 인내, 저항, 의지, 연대 등으로 읽힌다.

이현민 시인은 키 큰 리키다소나무를 향해 작은 손톱으로 도전하는 담쟁이의 무모함을 그린다. 담쟁이의 손톱이라! 전복적이며 그 자체로 독창적이고 창의적이다. 이전의 기성 시류에 들어있지 않는 새로운 담쟁이 시이며 담쟁이 시에 대한 전혀 다른 시선을 지닌 시이다("손잡이를 찾아 허공을 휘젓는 담쟁이넝쿨 / 기어코 오르려는 고집이 / 리키다소나무 살갗에 손톱을 박았다", 「리키다소나무와 담쟁이」).

이현민 시인은 이렇듯 '옥잠화', '고무신', '봉숭아', '리키다소나무', '담쟁이' 등 일상의 자연물이나 인공물에서 '서정', '아픔', '역사', '역설' 등 다양한 상상을 끌어낸다. 그만큼 세상을 바라보는 안목이 다채롭다.

이러한 일상의 사물은 마늘을 소재로 한 시 「진주빛이 되어라」에선 어머니에 대한 그리움과 겹쳐진다("티 한 점 없는 마늘각시 보고 있으니 / 뽀얀 엄마 얼굴 달빛에 떠오른다", 「진주빛이 되어라」). 시 「바지랑대」에선 넘어지지 않는 흔들림과 푸른 자유로 묘사된다("청빛 하늘에 펄럭이는 빨래의 푸르름을 보라 / 푸른 자유를 위하여 나는 오늘도 흔들린다", 「바지랑대」). 시 「골동품」에선 빼어난 미학과 가치의 시 세계를 품고 있다("내일은 불안한 안갯속 / 어제와 대화하는 골동품의 나날은 / 비밀스런 추억과 구속의 자유를 되살리는 것", 「골동품」).

3. 시인의 시에서 또 다른 중요한 축은 종교적 성스러움이다

이현민 시인의 시에서 또 하나의 중요한 축은 기독교와 성
스러움이다.

시 「가을이 오신다」, 「성자의 방」, 「아기 예수를 보았을 때」,
「웬」, 「원죄」 같은 시에 그런 세계가 담겨 있다. 종교성을 담은
시에서도 시인은 종교시가 자칫 빠질 수 있는 매너리즘이나
경직에 빠지지 않는다. 그것은 시인의 품성이나 세상에 대한
안목을 봐도 유추해 볼 수 있는 지점이다. 시 「아기 예수를
보았을 때」에서 시인은 깊은 회한과 성찰, 깨우침을 보인다
("나는 내가 사람인 줄 알았습니다", 「아기 예수를 보았을 때」). 시
「웬」에선 윤동주의 서시 중 '하늘을 우러러 한 점 부끄럼이 없
기를'을 인용하며 이 시대의 뻔뻔한 사람들을 비판하며 호통
을 친다. 시인 자신이 삶에서의 일관된 성실과 성찰이 동반된
신앙이기에 부조리한 사회에 대한 호된 질책은 설득과 공감
을 자아낸다.

신앙인 이전의 한 인간으로서 인간의 품격과 결, 인성 등

을 한결같이 지니며 신앙인으로서도 본연의 향기를 지닌 시
인의 성(聖)과 속(俗) 그 두 세계는 시 「기다리는 나무」에서 하
나의 세계로 아름답게 혼융된다.

거기 한 산이 있었고 한 나무가 서 있었다

바라보는 사람 하나 없어도

누군가를 기다리고 있는 나무

나는 그 나무 그늘을 덮고 쉬고 싶었다

그가 긍휼한 눈길로 나를 불러주었다

끌리듯 다가간 내게 말없이 등을 내주었다.

나도 말없이 그의 등에 기대어

고단의 시간을 내려 놓았다

깊은 잠에 들었던가

그가 나를 흔들어 깨웠다

내 몸속 세포들은 생생 기뻐하는데

재촉하듯 그가 내 등을 밀어냈다

닮은 한 나무로 서 있기를 바라는 눈빛

그 눈빛 내 작은 등에 지고

궁창 너머 높은 곳에 길을 물었다

- 「기다리는 나무」 전문

4. 맺으며

이현민 시인의 시 세계를 함축적으로 드러내고 있는 시 두 편을 음미하는 것으로 글을 맺는다.

앞서 언급한 시 「골동품」은 시인의 자화상으로 읽혀도 무방한 좋은 시이다.

높은 의자에 앉고 싶어 아부하지 않는다

돋보이려 머리 들지 않는다

귀족처럼 목을 길게 빼고 뽐내지 않는다

좌우 치우치지 않고 분수를 지킨다

상처가 생기면 아물기를 기다린다, 끝까지

주름이 생기면 생기는 대로

묵은 때도 부끄러워하지 않는다

독한 세월도 원망하지 않고 디딤돌로 삼는다

토방이나 마루 밑 때로는 땅속 깊은 곳이나

역사의 뒷골목에서

거짓 없는 진실을 머금고 있을 뿐이다

내일은 불안한 안갯속

어제와 대화하는 골동품의 나날은

비밀스런 추억과 구속의 자유를 되살리는 것

－「골동품」전문

　이현민 시인은 또 애정의 눈으로 아이들의 순수성을 거울로 내 걸었다. 시「홑꽃 피우는 아이들」은 그런 면에서 수작이다. 그들의 티 없는 맑음으로 어른들의 과욕을 건드린다. 홑꽃만 피우는 아이들의 순수와 거짓과 기만으로 겹꽃을 피우는 어른들의 세계를 대조시킨다. 귀를 여는 종소리로 들어도 좋을 작품이다.

양지 바른 담장 아래 조약돌 같은 조무래기들

가위 바위 보, 술래를 뽑습니다

두 손으로 얼굴 가린 술래는 담장에 붙어 셈을 합니다

'무 궁 화 꽃 이 피 었 습 니 다'

꽃 한 송이 필 때마다 한 발 두 발

술래 몰래 가까이 가까이 다가갑니다

꽃 한 송이 피면 열입니다

꽃 두 송이 피면 스물입니다

아이들 꽃은 추위도 거뜬 이겨 피어납니다

사시사철 무궁꽃 만발한 곳 있지만

여름이 먼 아이들은 양지받이로 꽃을 피웁니다

'무 궁 화 꽃 이 피 었 습 니 다'

한 송이씩만 피웁니다

천이 되고 만이 되는 겹꽃은 피울 줄 모릅니다

꽃 피우기 싫증나면 담장 아래 모여 앉아

이야기꽃을 피웁니다

입춘이라지만 아직은 손끝 시린 차가운 바람

착한 아이들 볼이 발그레 곱습니다

                          -「홑꽃 피우는 아이들」전문

　　이현민 시인은 품성이 깊고 안목의 격조를 지니고 있다. 깊
은 신앙심과 성실을 바탕으로 사회 비판에도 인색하지 않다.
부조리한 사회에 엄한 비판을 가하는가 하면 사회의 그늘엔
애정의 시선을 보인다.
　　두레박우물 맑은 샘물을 마신 듯한 이현민 시인의 시 읽기
는 즐거운 경험이었다. 훌륭한 시들이 앞으로도 두레박에 건
져 올려질 것임을 기대하게 한다.